GAYANT,

POÈME HUMORISTIQUE,

PAR

ALBONNUS,

MEMBRE D'AUCUNE ACADÉMIE.

March, my Muse ! If you cannot fly, yet flutter;
And when you may not be sublime, be arch.
Don Juan, Canto XV, Stanza XXVII.

DOUAI,

Chez Ad. OBEZ Libraire, rue de Bellain.

1841.

IMPRIMERIE DE CRÉPEAUX, A DOUAI.

A MADAME EMMELINE L.

Je ne mettrais pas de préface à ce petit poème, si je ne savais, belle Dame, que quatre ou cinq lignes de prose décident quelquefois les gens à risquer la lecture d'une pièce de vers.

Je n'aurai pas la fatuité de vous dire que je me flatte de vous plaire, belle Dame. Je n'ose l'espérer. J'ai reconnu, en corrigeant les épreuves, qu'il n'appartenait pas à un gros garçon comme moi, de danser, sans balancier, sur la corde raide de la poésie Byronienne.

Je n'aurai pas non plus la naïveté de me recommander à votre indulgence, belle Dame. Je n'y compte guères; je compte moins encore sur l'indulgence du public. Un auteur a tort, selon moi, de s'agenouiller en pure perte. On est impitoyable pour ceux qui écrivent, et surtout pour ceux qui, en écrivant, visent à l'esprit. J'ai vu hier, sur la place Saint-Nicolas, le *Jeu d'Arc au Berceau*. Un joueur qu'on venait d'applaudir avait-il le guignon de tirer un peu trop haut ou un peu trop bas, aussitôt aux applaudissements succédaient les huées. Voilà le sort qui m'attend, belle Dame. Je ne me fais pas d'illusions. Je n'en suis plus à mon volume de poésies bleu-tendre, car je n'ai jamais donné dans le jaune-serin.

Je vous dédie cet ouvrage, belle Dame, pour acquitter une vieille dette. On paie en son ou en farine, dit le proverbe. Un poème *humoristique*, croyez-moi, est plus de mode qu'une langoureuse idylle. Ainsi, prenez, lisez, jugez. Je serais fier de vos éloges; mais si je ne les obtiens pas, je m'estimerai assez heureux d'apprendre que je suis rentré en grâce.

Quant au docteur, votre mari, je l'invite à me

traiter, comme il traite ses malades, c'est-à-dire, bien et avec ménagement. Qu'il use de sa prérogative de critique ; qu'il loue, qu'il blâme : que cédant à ses habitudes chirurgicales, il dissèque *Gayant*, puisque j'ai eu la cupidité de livrer au scalpel ce magnifique *sujet*. Mais que le docteur soit sobre de remarques malignes ; que ses épigrammes n'arrivent pas jusqu'à mes oreilles : je trouverais ici dans quelque coin quelques flèches à lui décocher.

En attendant, j'ai l'honneur d'être son très humble valet ; et pour prendre congé de vous, belle Dame, avec tout le respect que vous méritez et toute la galanterie dont je suis capable, j'emprunte au Castillan sa courtoise révérence : « Beso à V. su mano, Hermosa senora. » Ce qui signifie en bon français,

Je vous baise la main, belle Dame.

ALBONNUS.

Douai, 18 Juillet 1841.

GAYANT,

POÈME HUMORISTIQUE.

March, my Muse! If you cannot fly, yet flutter;
And when you may not be sublime, be arch.

DON JUAN, CANTO XV, STANZA XXVII.

I.

Je chante ce Gayant que venère la Flandre.
Ah! s'il eut combattu sur les bords du Scamandre,
Hector eut succombé sous son bras foudroyant;
Homère au lieu d'Achille aurait chanté Gayant.
César, Napoléon, Charlemagne, Alexandre,
Sont des nabots, madame, auprès de ce géant.

II.

—Qu'entends-je? Mais, monsieur, quelle muse vous pique

Et me fait régaler de cet exorde épique,

Dont le dernier vers tourne au burlesque? L'envoi

Est par trop cavalier. — Madame, écoutez-moi?

—Je m'en garderai bien. — Souffrez que je m'explique.

—Fi! débiteur ingrat et de mauvaise foi.

III.

—Madame, pas si haut. Que dites-vous donc? Peste!

Cette parole-là pourrait m'être funeste.

Un garçon doit toujours un peu dans le quartier.

Je vais voir accourir mon tailleur, mon bottier.

Ils voudront de l'argent; je ne sais s'il m'en reste.

A Paris, c'est commode, on prévient son portier.

IV.

Pour un simple retard, exigeante Emmeline,

Vraiment il vous sied mal de me perdre d'honneur.

Ne suis-je qu'un oisif à Douai, qu'un rimeur

Hantant les prés, les bois, la plaine et la colline?

Croire mon âme ingrate.... oh! quelle aveugle erreur!

L'ingrat ne s'assied pas sous ma tente orpheline.

V.

Ouí , madame , calmez un injuste courroux.

Compagne d'un ami que j'aime comme un frère

Et qui plaide là-bas ma cause , je l'espère ,

De tous mes souvenirs le votre est le plus doux.

Chaque soir , lorsque enfin cesse ma tàche austère ,

Je pense au bel enfant bercé sur vos genoux.

VI.

J'ai pensé bien des fois à l'idylle promise ,

Car une dette attriste un débiteur loyal.

Rejetant aussitôt Horace et Juvénal ,

Le long d'un sentier vert où frissonne la brise ,

Où l'ombre donne à tout une forme indécise ,

Seul , j'allais recueillir un écho pastoral.

VII.

Mais je n'ai point encór pu rencontrer de pàtres

Dont la flùte essayàt quelques airs amoureux.

En vain j'ai visité la Scarpe et l'Escrebieux ,

Parmi les champs d'œillette aux nuances bleuàtres

Je n'ai point vu d'agneaux ; je n'ai point, dans leurs jeux,

Surpris à pas de loup des bergères folàtres.

VIII.

O Gascogne ! jadis , hélas ! tu m'inspirais
Avec tes bouviers bruns comme ceux de Sicile ,
Ton ciel bleu , ton soleil et tes vallons si frais :
Aux bords de la Garonne une églogue est facile ;
Et lorsqu'il fait vibrer le patois agenais ,
On retrouve en Jasmin (1) Théocrite et Virgile.

IX.

Flandre , sur ton sol plat et coupé de canaux ,
Le travail a banni tout loisir poétique.
Nul berger , animant d'harmonieux tuyaux ,
N'enseigne aux bois le nom d'une beauté rustique.
Tityre , filateur , exploite une fabrique ,
Et prosaïquement double ses capitaux.

X.

Donc , une idylle ici , madame , est une chose
Impossible , du moins impossible pour moi ,
Surtout par un été pluvieux et morose.
Mais d'une autre façon je dégage ma foi.
Ne boudez pas Gayant et ce bisarre envoi ;
Votre moue enlaidit vos deux lèvres de rose.

XI.

Craignez-vous de subir un poème étendu ,
Quelque Gayantiade héroicococasse ,
En style de Scarron ? Je veux être pendu ,
Si même de Boileau je suis la noble trace.
Il planta son Lutrin au plus haut du Parnasse :
De ce genre bâtard le secret est perdu.

XII.

Ne craignez rien , lisez. Je devais sans vergogne
De tous ces bons Flamands remuer la lenteur.
Avec une fanfare on vend l'eau de cologne.
Moi , mon coup de trompette est l'exorde menteur.
Peu m'importe qu'après le public dupé grogne.
Lorsqu'on tient son argent , au diable l'acheteur!

XIII.

Loin de chanter Gayant , madame , je m'apprête
A babiller sans gêne à propos de Gayant.
Le genre *humoristique* à cela d'attrayant
Que vous rimez ce qui vous passe par la tête ,
Mais avec sel , voilà tout l'inconvénient.
Il faut beaucoup d'esprit pour n'être jamais bête.

XIV.

Si l'on veut en ce genre un triomphe complet
On doit avoir le chic d'un Alfred de Musset.
Je n'ai que le prénom de l'auteur de Mardoche.
Quoi! soulever mon masque. *Oh ! c'est une brioche.*
Gare à toi , Muse! ou bien la plus belle *taloche...*
Ma stance , j'en suis sûr, produira de l'effet.

XV.

—Commencez donc , monsieur.—Depuis une semaine ,
Je me trouve témoin ici d'un phénomène
Mirobolant , j'aurais pu dire fabuleux.
Car , de quelque côté que je tourne mes yeux ,
La population s'agite , se démène ;
Enfin Douai, madame, a l'air presque joyeux.

XVI.

Les maisons à l'envi mettent leur robe blanche.
On badigeonne , on peint, on change de rideaux.
Le maire fait paver. Du fond de ses châteaux ,
Notre aristocratie arrive pour dimanche.
Déjà maint cuisinier a retroussé sa manche.
On aiguise partout les dents et les couteaux.

XVII.

En vrai parisien, hier, je questionne
Un manœuvre ; il sourit et répond : « c'est Gayant. »
Je demande, le soir, mes flambeaux à la bonne :
« Comme ils brillent » lui dis-je. —« Oui, monsieur, c'est Gayant. »
Ce matin à dîner m'invite une personne :
— Dimanche ? je ne puis. — Oh ! restez, c'est Gayant.

XVIII.

Madame, vous voulez connaître, je parie,
Le sens que peut avoir ce refrain éternel.
Gayant pour cette ville est un jour solennel,
Un doux anniversaire, une époque chérie.
Honneur donc à Douai ! madame. Après le ciel,
Le culte d'un bon peuple est la sainte patrie.

XIX.

L'an seize cent soixante et sept, le six juillet,
(D'un vers-date excusez la gauche contenance)
Louis, de la tranchée où sa valeur brillait (2)
Arbora sur ces murs le drapeau de la France ;
Et les Douaisiens, en leur reconnaissance,
D'une heureuse conquête honorent le bienfait.

XX.

Nos provinces du Nord (je le dis à leur gloire)
Si françaises de cœur , ont gardé cependant
L'inviolable amour du vieux pays flamand.
Il résulte de là qu'en dépit de l'histoire ,
Lorsqu'on veut de Louis célébrer la victoire ,
Le peuple de Douai ne pense qu'à Gayant.

XXI.

— Gayant! toujours Gayant ! veuillez , monsieur m'apprendre
Ce que c'est que Gayant, ou brisons là. — Fort bien.
Comme à votre désir je ne puis condescendre ,
Madame, nous romprons ici notre entretien.
Ce que c'est que Gayant? ma foi , je n'en sais rien.
Ce que c'est que Gayant? nul ne le sait en Flandre.

XXII.

Nul, vous dis-je, y compris le conseiller Quenson.
Quoiqu'il ait de Gayant recherché l'origine (3) ,
Et que ce beau travail soit une riche mine ,
Il n'a pas éclairci beaucoup la question.
Le docte conseiller ne sait pas tout de bon
Ce que c'est que Gayant, curieuse Emmeline.

XXIII.

C'est, assurent ceux-ci, Jéhan, seigneur flamand (4)

Dont le bras repoussa le pirate normand.

J'ai consulté Paillard (5), et la chose est jugée.

Ceux-là sont convaincus que c'était saint Maurand, (6)

Qui parfois, pour sauver cette ville assiégée,

A l'Archange emprunta sa flamboyante épée.

XXIV.

Le conseiller Quenson, à ce que j'ai pu voir,

Emet dans sa notice une idée assez neuve.

Il soutient que Gayant dût être l'ostensoir

Du corps des Manneliers. Donne-t-il une preuve?

Non. Malgré le respect que j'ai pour son savoir,

Comme parlait Gayant, je doute qu'il en *treuve*.

XXV.

Que bien que mal ici je placerai mon mot,

En m'inclinant devant un homme de mérite.

Un poète, peut-être, est juste ce qu'il faut

Pour expliquer Gayant; et la muse m'invite.

Mais suivez le cours du professeur Guigniaut,

Madame. Savez-vous ce qu'il appelle un mythe?

XXVI.

Un mythe est un accroc fait à la vérité ;

Un mythe est un récit qu'on fausse, qu'on transforme,

Qui va de bouche en bouche à la postérité.

Toujours un peuple enfant veut qu'un conte l'endorme.

Et la mythologie est un mensonge énorme,

Hochet avec lequel joua l'antiquité.

XXVII.

Au mythe en général se mêle le symbole.

Je trouve réunis l'un et l'autre en Gayant.

C'est quelque ancien guerrier grandi par l'hyperbole,

Et dont le Moyen-Age aura fait un géant.

C'est l'Hercule du Nord, nationale idole

Qui résume à mes yeux tout le passé flamand.

XXVIII.

Vous le savez, la Flandre est une noble terre

Que depuis deux mille ans fertilise la guerre.

Son peuple belliqueux étonna le Romain.

C'est un héros flamand (7) qui, la croix à la main,

Des fils de Mahomet brisa le cimeterre,

Et du tombeau du Christ nous rouvrit le chemin.

XXIX.

Un siècle après, voyez, c'est un Flamand (8) encore
Qui prend d'assaut un trône aux rives du Bosphore.
Les Flamands ont régné sur ce golfe enchanteur
Que convoite l'Anglais, que le Russe dévore ;
Où le Français, toujours dupe de son honneur,
Du dernier des sultans protège la langueur.

XXX.

Lorsqu'elle eut parcouru l'Univers en guerrière,
La Flandre, se livrant à de calmes travaux,
Dût aux arts de la paix des triomphes nouveaux ;
L'industrie adopta l'illustre aventurière.
Debout à leurs métiers, dans l'or buvant la bière,
Les tisserands Flamands buvaient à leurs rivaux.

XXXI.

La Flandre, libre et riche, en ses nombreuses fêtes,
Se plut à retracer son destin si brillant.
L'orgueil patriotique enivrait bien des têtes ;
Et dans chaque kermesse on portait en chantant
Le symbole naïf d'héroïques conquêtes,
Un guerrier colossal qu'on baptisa Gayant,

XXXII.

Or , l'étymologie est visible et palpable.
Gayant est un nom grec *GigaNs*, avec le Ny.
(Alfana vient d'Equus , je vous cite Cailly.)
GigaNs, c'est un géant, un gaillard redoutable ,
Grand buveur , grand mangeur , enfin un ogre à table.
Génitif , *GigaNTos*. Le Taf paraît ici.

XXXIII.

Madame , ce jargon , c'est de la linguistique ;
Il appartient de droit au genre *humoristique*.
Je vous soumets un fait : daignez l'étudier.
Monsieur votre mari , madame, est bachelier —
Es-lettres ; il a su sans doute en rhétorique
L'alphabet grec. Il peut, certes , m'apprécier.

XXXIV.

Lorsque Douai gémit sous la morgue espagnole ,
Il a dans son malheur Gayant qui le console ;
Et le héros d'osier , glorieux mannequin ,
Dépasse de vingt pieds le front de Charles-Quint.
Douai , conquis par nous , garde sa vieille idole ,
Et de prélats Français brave l'esprit taquin.

XXXV.

Des évêques d'Arras la pieuse colère (9)

Chasse d'abord Gayant de la procession ;

L'accuse de sentir la superstition ,

Et le supprime. Alors le peuple s'exaspère ,

Il crie au Parlement : « Rends-nous notre grand-père ! »

Gayant hâta , je crois , la Révolution.

XXXVI.

Il devait être hélas ! au nombre des victimes.

Il fut proscrit, madame. Et quels étaient ses crimes ?

Il rappelait par trop la féodalité ;

Sa taille violait surtout l'égalité.

Mais Bonaparte vint. Grâce à ses goûts sublimes ,

Douai put saluer Gayant ressuscité.

XXXVII.

Dans le flux et le reflux de la mode fantasque ,

De costume Gayant a changé plusieurs fois.

Il s'est vu déguiser en Romain , en Gaulois :

On lui mit une queue en même temps qu'un casque.

Enfin, du *Romantisme* éclata la bourrasque ;

Gayant est *Moyen-Age.* Ah ! ça , je m'aperçois

XXXVIII.

Qu'il se fait tard ; madame. A rimer je m'oublie.

Car c'est demain Gayant , demain je veux tout voir.

Je m'en vais me coucher. Ainsi bonsoir! bonsoir !

Pour mettre ma chemise , éteignons la bougie.

Le temps sera-t-il beau ? ma foi , j'en ai l'espoir.

GigaNs...... On m'envira mon étymologie.

XXXIX.

— Eh! bien, monsieur, eh! bien , dormiriez-vous encor ?

J'ai peur en vérité que vous ne soyez mort.

Depuis cinq jours entiers que fait donc votre Muse!

— Quoi! vous le demandez ; madame , elle s'amuse.

— Impertinent! — Madame , apprenez moi mon tort.

— Vos vers interrompus.... — N'ai-je pas une excuse?

XL.

Pour achever mes vers, madame , il me fallait

Me rendre sur les points où se passe la fête ;

Sillonner en tout sens les places , le Barlet,

Voir le *tir à l'oiseau ,* le *tir à l'arbaléte.*

La pluie a confondu mon chapeau, mon gilet.

Ah ! le chien de métier que celui de poète.

XLI.

Je l'avoûrai, je suis d'ailleurs très mécontent.

J'ai tapissé Douai de superbes affiches

J'ai d'avance annoncé mon poème, comptant

Sur les Douaisiens : mais je crois qu'ils sont chiches.

Ils ne souscriront pas ; ils n'aiment pas Gayant.

Morbleu ! vous les paierez plus tard mes hémistiches.

XLII.

Il s'agit de finir un morceau déja long ;

Madame, c'est pour vous que je prends cette peine.

J'ai beau me promener ce soir dans mon salon ;

Un poète vexé ne se sent guère en veine.

Puis de l'air de Gayant ma tête est toute pleine

A mon oreille encor sonne le carillon.

XLIII.

L'air de Gayant!... Ah ! ah ! voilà de la musique.

On n'entend rien de tel à l'opéra comique

Je ne m'étonne pas qu'à Paris, cet hiver,

On vous a fait danser les débardeurs sur l'air

De Gayant. A Douai sa puissance est magique.

L'air de Gayant y met jeunes et vieux en l'air.

XLIV.

Je dirai plus. Mais non, vous me chercheriez noise.
Je me résume et fuis toute digression.
Malgré le vilain temps, la fête en question
Etait belle. J'ai vu *jeu d'arc*, *cible chinoise*,
Jeu de balle; j'ai vu (bourgeoise ou villageoise)
De fort jolis minois en circulation.

XLV.

Ce que j'aime surtout à constater, madame,
C'est le rare scrupule et la fidélité
Dont vient de faire preuve ici l'autorité.
On se moque, à Paris, de remplir un programme,
Aujourd'hui pas un âne à Douai ne réclame . . . . ,
Gayant te bénira, Municipalité.

XLVI.

Les ânes dans la fête ont eu leur tour; les ânes
Ont disputé des prix. Et pourquoi non? Souvent,
On décerne des prix à maint âne savant.
Mais laissons, au milieu de la pluie et du vent,
Ce grotesque concours réjouir les profanes.
Et parlons du concert et de nos mélomanes.

XLVII.

Madame , le renom de la Société—
Philharmonique est grand ; mais il est mérité,
L'orchestre a de la fougue et son chef le domine,
On était accouru , lundi , de tout côté
Au théâtre. J'avais une aimable voisine.
Dobré chanta , madame. Ah! quelle voix divine !

XLVIII.

Quel œil surtout ! Je sais plus d'un jeune avocat
Qu'ont ému cette voix et cet œil pleins d'éclat.
Je sais même , je sais un monsieur du collége...
Tel est de la beauté le charmant privilége :
Elle trouble les cœurs dans le professorat.
Moi , je n'ai d'autre amour que l'amour du solfège.

XLIX.

Ténor improvisé , je monte jusqu'au sol.
J'apprends sur la guitare à pleurer la romance.
L'avis d'un connaisseur a donc quelque importance.
Le concert était bon. Mais quelle extravagance
D'applaudir ce *Vieuxtemps !* Ce qu'il gagne est un vol,
Car dans son violon il cache un rossignol.

L.

Mercredi soir , *Redoute*. Ayant fait ma toilette ,
Je suis allé, madame, à la mairie, au bal.
La citadine , ici , c'est une vinaigrette ,
Voiture de satrape. Un homme pour cheval !
Je me dis quelquefois, pendant qu'on me brouette :
« Du cheval ou de moi quel est donc l'animal ?

LI.

Gayant avait porté la foule à la *Redoute*.
En entrant, j'ai cru voir un parterre de fleurs.
Cette comparaison est bien faible sans doute ,
Mais c'est le compliment d'un des plus forts danseurs
Comme je danse peu , j'ai lorgné. Somme toute :
De très friands objets et d'honnêtes laideurs.

LII.

Madame , si j'avais le crayon de Carrière ,
Je vous esquisserais notre monde élégant.
La fashion , à Douai, n'est pas trop en arrière.
Déjà maint cavalier sait poser pour le gant ,
Se cambrer et lancer l'œillade meurtrière.
C'est un joli maintien , mais il est fatiguant.

LIII.

Sur les bottes déjà le plus beau vernis brille.

Mention honorable à Monsieur... Monsieur qui ?

Son nom m'échappe. Il a pour bottier Sakoski.

C'est d'un goût délicat. J'ai vu dans un quadrille

D'autres bottes...... Allons, je perds la tête ici ,

Et je laisse rentrer Gayant et sa famille.

LIV.

Ceux qui les promenaient, au son du tambourin ,

Reconduisent Gayant et Cagenon sa femme.

—Gayant est marié, monsieur?—Eh! oui , madame.

C'est un fort bon parti souvent qu'un mannequin.

—Gayant est père ?—Il a trois enfants , sur mon âme ,

Sa Filion , Jacquot et le moutard Bimbin.

LV.

Gayant, qui dans Douai touche au deuxième étage ,

Dont l'aspect m'a tantôt un peu terrifié ,

Imite maint époux au sein de son ménage ;

Le géant est petit auprès de sa moitié.

Il demeure au Musée : et tout le voisinage

De son intérieur me semble édifié.

LVI.

Mais avec mon pinceau je ne puis peindre à fresque.
Mon poème s'allonge et devient Gayantesque.
Peut-être ai-je abusé de votre attention ;
L'ennui... vous vous taisez. C'est en convenir presque.
« *Est modus in rebus.* » « *Ne quid nimis.* » Dit-on.
Je vaux un Inspecteur pour la citation.

LVII.

Madame, permettez que je quitte la plume.
Si je continuais, je ferais un volume.
Deux feuilles, c'est de trop, quand le pauvre rimeur
Doit en payer les frais lui-même à l'imprimeur.
Mes vers me resteront. Le papier, par bonheur,
Servira. J'ai, madame, un jeune ami qui fume.

LVIII.

Je me vois menacé d'un insuccès piteux.
Sur l'affiche déjà s'exerce la critique.
L'on condamne ces mots — *Poème Humoristique* —
Il fallait *Humoriste.* Oh ! j'en suis tout honteux
J'ai *néologisé* dans un terme exotique.
Monsieur Bénoit est homme à m'arracher les yeux.

LIX.

Qu'ai-je fait, téméraire! Encore un barbarisme!

Et mon titre est, de plus, taxé de solécisme

Par tout ce que Douai contient de gens en *us*.

Madame, j'ai signé mon ouvrage ALBONNUS,

MEMBRE D'AUCUNE ACADÉMIE, et le purisme

Veut un *qui n'est*, non pas Quinet-Ahasvérus,

LX.

Mais un tour négatif, *qui n'est* MEMBRE D'AUCUNE

ACADÉMIE. Hélas! c'est bien humiliant.

Et puis ce calembourg fort insignifiant

Va choquer un censeur. Plaignez mon infortune.

Adieu! douce Emmeline. Au revoir. Sans rancune,

Quand votre fils criera, vous lui direz : « Gayant! »

NOTES.

Stanza VIII.

(1) Jasmin, le fameux poète Gascon, auteur de *Las Papillotos*, de *l'Abuglo*.

Stanza XIX.

(2) 6 juillet 1667.—La ville de Douai, défendue par les Espagnols, se rend à Louis XIV, qui descendit lui-même dans les tranchées; ce qui fut constaté par une médaille ayant pour exergue : *Rex Dux et Miles* (roi, chef et soldat.) Ephém. Hist. de la ville de Douai.

Stanza XXII.

(3) Voir les mémoires de la société d'Agriculture, Sciences et Arts de Douai. Année 1839.

Stanza XXIII.

(4) Iéhan Boutiers de Cawentin (Cantin.)

Stanza XXIII.

(5) Auteur d'un mémoire sur les *Invasions des Normands* couronne en 1839 par l'Académie des Inscriptions et Belles-Lettres. -

Stanza XXIII.

(6) Douai a deux patrons pour un, St.-Cyrice et St.-Maurand.

Stanza XXVIII.

(7) Godefroi de Bouillon, né à Basy, village du Brabant-Wallon. Il était fils d'Eustache II, comte de Boulogne et de Lens. (Biograph. de Fellez.)

Stanza XXIX.

(8) Baudoin Ier, comte de Flandre, s'étant croisé pour aller à la Terre-Sainte, fut élu empereur, après la prise de Constantinople par les Français et les Vénitiens, en 1294. (Biograph. de Fellez.)

Stanza XXXVII.

(9) Mandement de Mgr. Gui de Sève de Rochechouart, 17 juin 1699. Mandement de Mgr. de Conzié, 14 juin 1770.